三分間で詠んだユーモア川柳 乱魚選集

今川乱魚 編著
Imagawa Rangyo

新葉館ブックス

三分間吟と英語テストと

阪田　貞宜

今川さんから、近く「三分間で詠んだ―ユーモア川柳乱魚選集」を刊行するので序文を書いて欲しいという依頼がありました。川柳には無縁のわたしに、と思ったのですが、ほかならぬ今川さんのことなのでお引き受けしました。

今川さんとは二十年以上も前に一緒に仕事をした仲ですが、今もお付き合いしていいます。赤提灯で酒を飲みながら川柳の話をしたことを思い出します。雑誌「ぬかる道」をいただいたのもその頃です。今川さんの話にはボードレールやおよそ川柳に関係のない文人の名も出てきました。今から考えると川柳の本質について、フランス流の「エスプリ…機知」が頭の中にあったのでしょう。

わたしはその後「トーイック」（ＴＯＥＩＣ）という英語テスト事業を始め今日に至っていますが、テスト問題の中には、写真をみて「その光景が例示した四つの英文のどれに当てはまるか」を問うというものがあります。今川さんはこの方式が「三分間吟」に通じると思われたのでしょう。たしかにこの二つはいずれも主題に対する短時間の理解力、表現力を求めています。

英語の運用能力には会話のように瞬時瞬時の言葉のやりとりをするものがあります。会話には反射神経のような働きが求められます。したがって、上手に会話をするには、日頃から自分を表現する力をきたえ、いつでも使えるように練習する必要があります。「三分間吟」についても同じようなことが言えるのでしょう。

また、今川さんは合同句集「ぬかる道」（一九九〇年刊）に「川柳は自分の心を内視鏡で捉え、モニターに映して見ているようなもの。自分の句を寄せ集めると自分の知らぬ自分が見えてくる」と書いています。川柳も英会話と同じように、日頃から物事をよく観察して経験という貯蔵庫に貯め、いつでも引き出せるように練習しておくことが求められているものと思います。

さらに最近、今川さんは「がん」を病まれたにもかかわらず、「がん」を主題にして川柳句集を刊行されました。今回は「三分間吟」によって川柳の新しい方向を打ち出そうとされています。若い時と変わらずその強い精神力には敬服のほかありません。「三分間吟」の趣旨が広く理解され、多くの人の人生を観る眼が豊かになることを祈ってやみません。

二〇〇五年六月二十日

（財団法人　国際ビジネス・コミュニケーション協会副会長）

三分間で詠んだーユーモア川柳乱魚選集■目次

第七章　ヒト——感情と関係の動物

第八章　ヒト——五つのセンサー

第九章　はじめに言葉あり

表紙・本文イラスト／西田　淑子

三分間で詠んだ　―　ユーモア川柳乱魚選集

【凡例】

①本書には、９９９番傘川柳会で１９９８年～２００４年の7年間に出題された３分間吟の各題入選句の中から、ユーモア句を中心に秀句３句ずつを選んで掲載した。

②３分間吟は、通常選者がその場で課題を出し、ストップウオッチまたは３分砂時計で３分間を区切り、一斉に作句する。その３分間で作った句であれば、出句数には制限を設けていない。また、句箋は、あらかじめ必要なだけ参加者の手元に配られる。

③同川柳会では、１９９８年から東京の八丁堀、千葉の柏、茨城の土浦の３会場で毎月句会を開き、また、１９９９年以降は、毎年９月に土浦で公開の大会を催している。いずれの会でも３分間吟を行っている。会の名称は１９９９年に因んで名づけられている。

④本書では、各会場での作品を各章課題別に整理して掲載しており、選者名と作句年月日は省略した。

⑤各会場での毎月の入選作品は、乱魚のホームページにも掲載されている。http://www2u.biglobe.ne.jp/~rangyo/

第一章　やさしくて厳しい自然

【水】①

ノラ猫の死にせめてもの水をやり　福島　久子

水を売る時代空気も売れそうだ　田制　圀彦

浄水を飲んで私を丸くする　本田　哲子

【水】②

シャワー全開今日のウツなど忘れよう　海東　昭江

みず穂の国で水が売れるという不思議　堤　丁玄坊

雨もりと結露わからぬまま冬に　太田紀伊子

【雨】①

雨どいをつつつと降りる酸性雨　今川　乱魚

雨だれの音にドレミと音符付け　中田　早苗

失恋の涙を雨が消してくれ　上鈴木春枝

【雨】②

あの時の仲に戻した通り雨　五十嵐　修

東京の雨がけちけち降っている　今川　乱魚

悲しみの日には違った雨の色　原田　順子

【流れ】

人生の大河小さな舟を漕ぐ　福島　久子

川の流れにさからっているすねている　松川　和子

同窓会時の流れをくいとめる　三井　良雄

【山】

ビルが建つたびに遠くに逃げる山　今川　乱魚

富士に憧れて暦の絵を眺め　青田　隆司

還暦に買い換えている登山靴　上鈴木春枝

【秋】

秋が来たほんとうの空見えてきた　水井　玲子

秋の雲肩の荷おろし生きていく　大森　義昭

物想い秋の女になっている　伏尾　圭子

【天】

ふところが寒い天から白いもの　長尾　美和

くもり空一枚繰ってみたくなり　和泉あかり

仮縫いのままやってくる天下り　山口　早苗

【雲】①

雲からの伝言がある一周忌　今川　乱魚

入道雲みたいあいつがつかめない　青柳おぐり

積乱雲ドラマ反転する兆し　五十嵐　修

【雲】②

拗ねている女がひとりちぎれ雲　原田　順子

抱き上げるいのちを雲も覗き込む　和泉あかり

穏やかな雲になりたい老い二人　本田　哲子

【砂漠】

風紋の怖さが人を寄せつけず　田制　圀彦

あの男砂嵐かな影もない　青柳おぐり

僕にとってオアシス妻と決めている　田制　圀彦

【原】

原っぱの野球ミットが痛かった　三井　良雄

原っぱに僕のわんぱく置いてきた　権田　藍

一面の緑人間生かされる　秋野　康夫

【原っぱ】

原っぱで靴が脱ぎたくなってくる　太田紀伊子

原っぱも消えてる風の子も居ない　五十嵐　修

サーカスのジンタ聞こえる原が消え　福島　久子

【堀】

江戸城の堀に幾多の骨がある　原田　順子

ひょいひょいと男と女堀を越え　今川　乱魚

理不尽をたたき込みたい裏の堀　権田　藍

【温度】

温度差が出来て夫婦の深い溝　和泉あかり

割り切ってからの温度は苦にならず　長尾　美和

ふうふうと子の舌に合う愛を吹き　石川　雅子

第二章　色は光の子ども

【青】①

青竹に若さを貰う風呂上がり　大島　脩平
好きですと青い瞳に見つめられ　原　悠里
青くなって怒り家族に通じない　上遠野長政

【青】②

青い目の孫も集まるお正月　野口　わか
青田買い今はなつかし職がない　中田　早苗
葉緑素元気を出せと飲みはじめ　太田紀伊子

【青い】

【黒】①

青空の青に私を放り投げ　田制　圀彦

能書きはその辺にしろ青二才　大河原信昭

青山で青春の日を買い戻す　今村　幸守

タイトルの黒で稼いでいる文庫　大河原信昭

黒は黒単細胞が叫んでる　今川　乱魚

黒メガネはずせば象の目のような　太田紀伊子

【黒】②

【黒い】

真っ黒が二つ立ってる夏の恋　今川　乱魚

究極の色は黒だというカラス　嘉村ひすい

黒ダイヤ燃やした果ての酸性雨　今川　乱魚

ほほえみにほくろも似合う君が好き　穴澤　良子

ブラックジャックあんな男がいればいい　神戸三茅子

横顔の長いまつ毛にある憂い　海東　昭江

【グレー】

【白】①

受かるのはグレーのスーツリクルート　神戸三茅子

白黒は言わずグレーの中にいる　上鈴木春枝

隅っこの席をグレーの服が占め　今川　乱魚

しばらくは真っ白のままガン告知　穴澤　良子

天使なんかじゃないわ白衣も疲れきり　ひらのこず枝

白い手が空に映えてるバスガイド　永井しんじ

【白】②

誰にでも合わせてくれる白いシャツ　増田喜久子

余白から浮かぶ愚かな少年期　今川　乱魚

白魚のような指には裏切りが　神戸三茅子

【白】③

ホワイトデー父はセットで買って来る　山口　幸

勝負服白いスーツに白い靴　海東　昭江

白いもの白くしておく主婦の欲　太田紀伊子

【黄色】①

【黄色】②

黄色から春告げて来るチューリップ　河原　撫子

カレー続く妻の家出が長くなる　太田紀伊子

目の色が黄色になって酒を断つ　松波　酔保

不用意な一語で恋は黄信号　岡　遊希

黄色い声に後押しされた逆転打　松波　酔保

黄信号私しだいという答え　ひらのこず枝

【赤】①

赤い玉出るまでねばる抽せん日　河原　撫子

赤鉛筆がやたら自分を主張する　海東　昭江

赤飯が好き日本の母が好き　谷藤美智子

【赤】②

赤い服ねだってみたい更年期　太田紀伊子

シグナルの赤でわたしを取り戻す　五十嵐　修

赤マルをつけて引き継ぐ新学期　大河原信昭

【赤】③

片目だけのダルマに賭ける願い事　仲谷　時子
鮮烈な主張キムチの唐辛子　古川ときを
痩せた母だが注射器の血は赤い　佐藤　和助

【赤】④

赤札が嘘をついてるお買得　秋元　苔童
校正の赤に輝き増した文　太田紀伊子
赤肌をさらして山が訴える　北山　蕗子

【光】

【明るい】

あまり光るので偽物だと思う　五十嵐　修

つや出しを塗ると人格まで変わり　今川　乱魚

職退いてからが男の光るとき　和泉あかり

晴マークうきうきとする万歩計　北山　蕗子

金はない明るさだけを武器とする　増田喜久子

病室へ明るい話題持って行く　上鈴木春枝

第三章　形は存在を示す

【出産】

【マル】①

僕も妻ももう出産に縁がない　松波　酔保

出産のニュース日の丸よく売れる　今川　乱魚

呱呱の声こんな社会ですみません　岡　遊希

丸顔は我が家のルーツかもしれぬ　海東　昭江

完全なものは丸だと信じてる　堤　丁玄坊

コンパスがなくて茶わんの底を借り　上鈴木春枝

【マル】②

妥協とはこんなことさと丸い石　川村　安宏

丸餅が田舎の風を持って来る　山口　幸

丸い目の奥にひそんでいる悪魔　手塚　好美

【マル】③

丸顔が笑えばさらに丸くなる　堤　丁玄坊

身を守り丸くなってるだんご虫　原　悠里

丸い部屋であれば掃除が楽だろう　後藤　建坊

【丸い】

【三角】①

丸い卓袱台父がいた母がいた　菊池　葉子

地球儀を回してひとり旅をする　大河原信昭

かごめの輪なかに優しい鬼がいる　五十嵐　修

三角の田圃は消える米余り　青田　隆司

三角になると数学落ちこぼれ　今川　乱魚

頂上はここだと地図で探す山　山本　義明

【三角】②

思い出は三角ベース凄たらし　田制　圀彦

歪みだす愛が三角形を描く　五十嵐　修

両手に花夢見て男頑張ろう　青柳おぐり

【三角】③

美しく三角を折り花にする　石川　雅子

三角の目でライバルを睨みつけ　今川　乱魚

ピラミッド王の威厳を見るツアー　福島　久子

【四角】①

四角いものがみんなお札に見えてくる　今川　乱魚

幸せな暮らしに似合う冷奴　北山　蕗子

ウェディングベル今サイコロはころげ出し　ひらのこず枝

【四角】②

豆腐だけ食わせておけば上機嫌　今川　乱魚

正方形の面積ならばすぐに出来　川村　安宏

妹よこちらも元気寅次郎　永井しんじ

【縞】

サバンナの掟へ縞馬の涙　北山　蕗子

母の形見米沢縞が生きている　太田紀伊子

ゼブラの縞を究極の美と思う　海東　昭江

【縞柄】

縞柄を上下やっぱりチンドン屋　大河原信昭

縞シマのモンペ直してツーピース　山下　省子

縦縞を着ても体重変わらない　和泉あかり

【タテ】

メール世代ですタテ書きは苦手です　ひらのこず枝

タテ割りの組織表です嫌いです　海東　昭江

春風に乗るセールスの棒グラフ　北山　蕗子

【縦】

タテ線を一本足して幾何を解き　今川　乱魚

背縫い線曲がらずに縫う母の針　太田紀伊子

縦社会に甘んじているバカの壁　原　悠里

【点】

点と点結び星座を見るロマン　川村　安宏
感動を指先で読む点字本　穴澤　良子
点滴のポタリポタリにじれてくる　大島　脩平

【直線】

午前様直線距離が長過ぎる　福島　久子
末席の意見一直線に飛ぶ　五十嵐　修
直線のコースに親の見栄がある　渡辺とみ子

【長い】

抱擁で長い誤解が解けてゆく　山口　幸

長電話途中でお茶が欲しくなり　増田喜久子

長編読む若さも失せてきたメガネ　ひらのこず枝

【短い】

短めに切った頭へ風邪をひき　青田　隆司

短足で大金稼ぐ犬がいる　山口　幸

育児期は短かったな子の巣立ち　上鈴木春枝

【細い】

スマートなだけの男でつまらない　ひらのこず枝

細長いものに女がキャッという　今川　乱魚

訣別の手紙は細い文字で来る　山本　義明

【尖る】

教会のトンガリ帽子夏の雲　大河原信昭

尖る気をなだめて会議終わらせる　石川　雅子

尖る口何度もさせるゼロ歳児　太田紀伊子

第四章　命の限り動物も植物も

【花】①

【花】②

定年後今が花だと思ってる　川村　安宏

すさむ街花屋の前はあたたかい　太田紀伊子

さざんかに遠い思いを呼びよせる　清水　波穂

花褒めて褒めて優しい顔になる　伏尾　圭子

花言葉知って嫌いな花になる　船本　庸子

一輪の花に貰った幸もあり　中沢　広子

【花】③

花の下ゆっくり行こう車椅子　山下　省子

コンクリの切れ目に花が咲いている　秋野　康夫

人生の終わりは花の中にいる　長尾　美和

【桜】①

満開の花の真下でウソをつく　山下　省子

ののめののめののめと桜の散り加減　今川　乱魚

さくらさくら日本の春がバクハツだ　和泉あかり

【桜】②

枝垂桜ときどき酒の匂い嗅ぐ　山口　幸

桜湯の中で泳いでいる不安　谷藤美智子

日本中そわそわさせて桜咲く　原　悠里

【薔薇】

薔薇に溺れて身上をかたむける　古川ときを

私が死んだら欲しい薔薇は白　松川　和子

薔薇をくわえても惚れてはもらえない　今川　乱魚

【へちま】

父の腕にヘチマのようにぶら下がる　山本　義明

ナイロンのへちまは肌にマッチせず　永井しんじ

西陽受けへちまは青い息をする　今川　乱魚

【竹】

ヤキトリの串で水割りかきまわす　山本　義明

竹薮に虎で陳腐な絵ができる　今川　乱魚

いつくしみ育てて月へかぐや姫　穴澤　良子

【枝】

みんなして無理な願いを枝につけ　岡　遊希

枝が折れる力以上の実をつけて　堤　丁玄坊

さし木した枝の育ちよ歳月よ　ひらのこず枝

【葉】

葉っぱからせんじ薬の名を覚え　立野与志雄

杉の葉を見ているだけで出るクシャミ　笹島　一江

大根の葉に見えがくれする小路　松本　隆一

【もみじ】

もみじマークで昔をなぞる旅に出る　川村　英夫

ひとひらのもみじしおりにする逢瀬　穴澤　良子

もみじの手僕の年金吸い上げる　松波　酔保

【魚】

尻っぽからいわしを食べるびんぼ性　太田紀伊子

コンビニを泳ぐ目のない深海魚　山口　早苗

露天風呂人魚になっていくわたし　和泉あかり

【鯨】

クジラ尺出すと遠い日蘇る　三井　良雄

クジラツアー海の波間を見て帰る　長尾　美和

捕鯨船海辺の神社残す絵馬　福島　久子

【馬】

しつっこい話だ馬の耳になる　原田　順子

花吹雪散らし夢見る馬の足　大河原信昭

馬子唄の鈴に故郷を思い出し　田制　圀彦

【犬】

盲導犬汚れた街にむせている　原田　順子

犬同士ウインクしてる町の角　嘉村ひすい

飼い主に似て遠吠えの癖がある　五十嵐　修

【ねこ】

上等の魚にネコが喉鳴らす　今川　乱魚

猫ほどは化粧をしない妻である　太田紀伊子

ネズミ歳生まれで大のネコ嫌い　山本　義明

【蛇】①

蛇の夢きっとお金が降ってくる　原田　順子

蛇年ののらりくらりが気に入らぬ　渡辺とみ子

蛇に化け女のノロイとげようか　山下　省子

【蛇】②

金蛇がチョロリと覗く縁の端　青柳おぐり

無党派でいつもとぐろを巻いている　五十嵐　修

真剣に覗く蛇屋のウインドー　今川　乱魚

【蟻】

しまってる蟻のウエスト羨まし　山口　幸

律義とも思う冬への蟻の列　海東　昭江

蟻の群シッカロールで追い散らす　大島　脩平

【尻尾】

死に体のしっぽが上を向いている　原田　順子

私にはしっぽの取れた跡がある　嘉村ひすい

暑いです猫のシッポもたるんでる　大河原信昭

第五章　人体に余計なものはない

【髪】

【顔】①

ひばり節好きな歌ですみだれ髪　川村　英夫

約束が違うと言って髪を見る　神戸三茅子

太陽に反射しやすい髪になる　今川　乱魚

眉ぴくりあなたは嘘のつけぬ人　久野　孝

秋の雲捨てた女の顔になる　酒井　笑虎

旧姓で呼べばあの日の顔になり　五十嵐　修

【顔】②

顔パスが効かない自動改札機　五十嵐　修
顔が効く先生の背に黒い幕　村松　竜雲
鏡台の向こうで赤鬼がにらみ　山下　省子

【おでこ】

大物のおでこは敢えて隠さない　宮内　可静
おでこにもたこがついてる太鼓持ち　上田　野出
家系かも広い額の孫がいる　立原　早苗

【眉】

モナリザの神秘な笑みに眉が無い　河原　撫子

鏡との戦さ眉毛が太くなる　太田紀伊子

月凍え夜空へ細い眉となる　手塚　好美

【鼻】①

真ん中に居すわる鼻も母似です　海東　昭江

リムジンを降りた女の目鼻立ち　北山　蕗子

監督の鼻がピクつく負け試合　山本　義明

【鼻】②

広がった鼻に結婚迫られる　宮内　可静
鼻の下長い男でまじめなり　吉村　木星
左右ピカソの鼻は生きてくる　中沢ほう介

【鼻息】

鼻息の荒さで負けぬハルウララ　上鈴木春枝
鼻息をかがれる程に弱ってる　松波　酔保
疲れてるらしい夫の高いびき　河原　撫子

【口】

言い過ぎた口を悔やんで眠られず　増田喜久子

口ゲンカする相棒の欲しい日々　神戸三茅子

口あけて眠る働き者の妻　今川　乱魚

【のど】

ビール党のどを休めるひまはない　太田紀伊子

のどの辺つかえた言葉もてあそぶ　原　悠里

まる飲みにしてもとれないのどの骨　今川　乱魚

【耳】

補聴器を外すと限りないサバク　和泉あかり

ほめ言葉聞き飽きているイヤリング　太田紀伊子

手話ニュース身体全部を耳にして　三井　良雄

【首】

ぞくぞくさせて男殺しの細い首　原田　順子

鶴くびのビンに清楚なかすみ草　青柳おぐり

観光という名で首塚を覗き　田制　圀彦

【肩】

春闘が済むと始まる肩叩き　五十嵐　修

発表を見て帰る肩落ちている　権田　藍

空威張りするから肩が張るのです　原田　順子

【手】

手刀を切って小遣い貰い受け　日野　真砂

一日の手を解きほぐすバスルーム　松井　文子

こぶし上げ落とし処を探り合う　橋本ひとし

【爪】

友ほめる妻を背中に爪を切り　窪田　和子
深爪に似た恋ばかり春がくる　和泉あかり
あの赤い爪で食事を作るのか　原田　順子

【へそ】

閉店へ十年前の街のへそ　岡　遊希
困ったらへその辺りを撫でている　今川　乱魚
へそがかゆいあの世で母が叱ってる　山口　幸

【胃】①

胃を切って夫婦のきずな強くなり　三井　良雄

夏バテの胃を驚かす踊り食い　田制　圀彦

反省のサルも胃袋痛んでる　和泉あかり

【胃】②

妖精のような名前のピロリ菌　中田　早苗

切除した胃に詫び状を書いている　山本　義明

減量の敵だと思う丈夫な胃　岡　遊希

【腹】

満腹になるとビジョンが遠ざかる　五十嵐　修

腹さぐり合って音信不通なり　菊池　葉子

切腹の作法は父に教えられ　福島　久子

【膝】

ひざとひざ触れてほのかな恋ごころ　和泉あかり

美しい膝をチラリと春の景　嘉村ひすい

好きですねお膝送りという言葉　田制　圀彦

【お尻】

食べ頃をメロンのお尻合図する　ひらのこず枝

母さんのお尻わが家の床柱　穴澤　良子

ヒップアップ春へ心も引き締める　ひらのこず枝

【肌】

肌の色それぞれ五輪盛り上げる　河原　撫子

冷え性が求めています君の肌　上鈴木春枝

肌荒れを気にするひまのない師走　河原　撫子

【血】

打開策血の気の多い人を採る　原田　順子

返り血を浴びて男になってゆく　五十嵐　修

血縁の濃さをしらせる行状記　佐藤　和助

【毛】

和尚の頭には哲学が光る　福島　久子

会えぬ日が続く今夜も髪洗う　山口　早苗

乱れ毛を指摘されてる気のゆるみ　本田　哲子

第六章　人物は動作で決まる

【ぶらぶら】

リストラでぶらぶらの子にあせってる　鈴木　浩

銀ぶらを思いおこした老の足　太田紀伊子

ぶらぶらのボタンへさっとお針箱　上鈴木春枝

【立つ】

丸型のポスト絵になる観光地　河原　撫子

双方が顔は立ったといっている　岡　遊希

にらめっこいつでも来いと仁王像　上鈴木春枝

【並ぶ】

どんぐりを並べてタクト動き出す　太田紀伊子

両雄が並ぶと起きるまさつ熱　海東　昭江

死んだあとまでは隣りに入らない　今川　乱魚

【慌てる】

突然の訃報喪服がかびている　北山　蕗子

鍋が吹き電話が鳴って客が来た　増田喜久子

家中の朝の時計が忙しい　上鈴木春枝

【こする】

彼の夢どうしましょうと目をこする　太田ヒロ子

こすって消してテストは黒い紙に化け　江口　信子

わらでこする馬の返事を聞きながら　山本由宇呆

【ひねる】

学童にひねられて泣く新教師　今村　幸守

中傷をひねりつぶして楽天家　太田紀伊子

腰ひねるだけで用足るワンルーム　上鈴木春枝

【踊る】

タップダンス雨に歌って風邪をひく　今村　幸守

指先で多くを語る踊りの手　川村　安宏

ほめられて踊り出したい席に居る　山本　義明

【のぞく】

杉べいの穴から見えた新世界　青田　隆司

覗くのは男ばかりと限らない　北山　蕗子

古事記からのぞきが好きな日本人　今川　乱魚

【走る】

地下走るマグマ列島眠らせず　穴澤　良子

指定券あるのに抜けぬ走り癖　上鈴木春枝

代走でプロの世界に生き残る　増田喜久子

【独走】

ＩＴのひとり歩きに追いつけず　太田紀伊子

独走の背なを押してる旗の波　今村　幸守

追いつかぬ筈だ相手は陸上部　手塚　好美

【揺れる】①

脳細胞揺らして作る五七五　増田喜久子

母という添え木はずれてから揺れる　上鈴木春枝

プロポーズまだ揺れている親を見る　山口　幸

【揺れる】②

揺れているうちが花です女です　原田　順子

あじさいを揺らすおばさんの行列　福島　久子

好きな人の隣でゆれているハート　和泉あかり

【揺れる】③

【転ぶ】

水仙を買って心の揺れを止め　石川　雅子

やじろべえ君はどっちの味方なの　本田　哲子

ローカル線揺れる車体が懐かしい　三井　良雄

段差消す改築もした老い支度　ひらのこず枝

ケーキ手にこの階段は転べない　青田　隆司

札束に転ぶチャンスも無く庶民　ひらのこず枝

【叩く】

木魚でも叩けば少し気が晴れる　今川　乱魚

サンドバッグ部長の顔はこのあたり　山本　義明

ゴキブリに瞬発力を試される　河原　撫子

【押し込む】

押入れに押し込み整理したつもり　川村　安宏

温室に鉢押し込んで花を待つ　青田　隆司

目一ぱい押し込み脳に拒絶され　河原　撫子

【紳士】

物腰は紳士内なる下心　今川　乱魚

ステッキをついて紳士が出来あがる　太田紀伊子

紳士録に載せると言われサギに遭い　山口　幸

【カリスマ】

寂しげなカリスマがいる北の国　田制　圀彦

カリスマの子育てタマゴのまま終る　和泉あかり

文芸の道にカリスマいるかしら　権田　藍

【子供】

子だくさん洗濯物が歌ってる　松本　隆一

少子化のズックぽつりと陽に干され　雨宮　彩織

赤ん坊に笑われ笑い返すボク　立野与志雄

【遠慮】

混んできた屋台常連席はずす　上鈴木春枝

伏し目がちもうひとことが言えません　石井太喜男

遠慮のかたまりが最後まで残り　永井しんじ

【集まる】

朝の駅湧き出るように人が来る　雨宮　彩織

集まって母真ん中にしてねむる　船本　庸子

人情味募金の量で計られる　藤波　正寿

【拾う】

街角でひょいと拾ったいい話　伏尾　圭子

運拾う大きな鼻を持っている　今川　乱魚

逆らえぬ拾ってくれた恩があり　岡　遊希

【欲】

欲ぼけの男が坐る金の椅子　福島　久子
大きい方のつづらを選ぶ欲の皮　小林　宥子
ほどほどに叱って子らに期待する　山田　一雄

【越える】①

父の年越えてファザコン隠せない　嘉村ひすい
照る日くもる日夫婦山越える　長尾　美和
天城越えできないままに歳を積む　五十嵐　修

【越える】②

ジブラルタル越えた女は戻らない　青柳おぐり

母を越す娘を淋しくも誇らしく　太田紀伊子

子の虹が理解を越えてやってくる　和泉あかり

【作る】

自由研究親も本気で作り出し　増田喜久子

くちびるを噛み噛み作り笑いする　今川　乱魚

刺し子半纏裏で見せてる江戸の粋　山口　幸

【切る】

逢って来た余韻で傘の雫切る　今川　乱魚
縁切り寺気持ちの揺れを花が知り　今村　幸守
よく切れる頭で友を遠くする　北山　蕗子

【削る】

削られた崖におののく震度六　仲谷　時子
推敲の果ての果てなる一行詩　今川　乱魚
ケータイを持つと言葉が削られる　長尾　美和

【回る】

観覧車春のポエムのようにある　和泉あかり

どこをどう回ってるのか二千円　佐藤　和助

ジルバマンボ妻を回したことがある　今川　乱魚

【被る】

泥被る役割として副社長　田制　圀彦

子の罪をかぶる悲しい母である　菊池　葉子

白ずくめ眼出し帽子の無菌室　青柳おぐり

【睨む】

答案紙時計の音とにらめっこ　福島　久子
活きづくり箸の先まで睨まれる　大河原信昭
行列の最後で睨む特価品　和泉あかり

【蹴る】

青春は爆発だった蹴った毬　福島　久子
椅子を蹴る若さはとうに失せている　五十嵐　修
蹴るはずの話いつしか受け止める　石川　雅子

【うっかり】

うっかりと出し間違えたお年玉　村松　竜雲

東京のうっかり誰も見ていない　今川　乱魚

うっかりでは済まないママの火の始末　山下　省子

【癖】

又出たと口調数える生徒たち　権田　藍

貧乏揺すりきっと何かに耐えている　原田　順子

チャイム打つリズムで彼だなと分る　本田　哲子

【うろつく】

うろつくもいいさ若さは直ぐ過ぎる　田制　圀彦

定年後ただうろうろと時が過ぎ　太田紀伊子

うろついてその内こころ晴れて来る　石川　雅子

【向く】

向かい風きっと明日は坂だろう　大河原信昭

こちら向くかわいい猫に騙される　三井　良雄

振り向けば影が笑っている恐さ　福島　久子

第七章　ヒト――感情と関係の動物

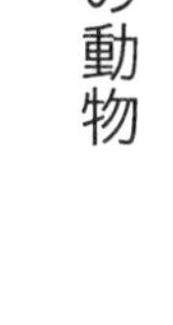

【自分】

ご馳走を前に自分を見失う　増田喜久子

自分史を辿れば色気より食い気　今川 乱魚

不肖の子みれば自分がそこにいる　堤 丁玄坊

【家族】

家族には内緒と言って喋ってる　佐藤 和助

三匹の猫も家族の顔でいる　三井 良雄

ファミリーに一番偉いお母さん　大河原信昭

【女系】

女系ですシビアな批判慣れている　原田　順子

香たいて女系家族のよく喋る　長尾　美和

女系にある悩み男へ距離をおく　五十嵐　修

【叔父】

うなずいてそうかと聞いてくれた叔父　山口　幸

叔父たちは死に叔母たちは元気です　今村　幸守

年下の叔父さんもいる大家族　太田紀伊子

【友】

究極の友はバッカスしかいない　大木 俊秀

友情もお金で切れることもある　空閑 旺照

お互いに小骨刺し合いあゝ友よ　近江あきら

【先輩】

先輩が呑むから後をついてゆき　秋野 康夫

先輩と呼ばれ勘定書きが来る　青柳おぐり

都合悪いこと後輩へ押しつける　大河原信昭

【クラス会】

クラス会お前も俺も太ったな　山本　義明

あの人が来るなら行こうクラス会　穴澤　良子

クラス会苦労話は横に置く　伏尾　圭子

【義理】

義理一つ欠いて呵責の朝が明け　田制　圀彦

宴会を義理の順から帰り出す　福島　久子

義理なんか感じていない甘えんぼ　菊池　葉子

【熱中】

ディズニーの世界で埋める食器棚　上鈴木春枝

球一つ追って青春つっ走る　堤　丁玄坊

熱中の後の残骸押し入れに　増田喜久子

【恋】

一通のメールが恋に変わり出し　田制　圀彦

長い長い恋の尻っ尾を踏んづける　今川　乱魚

恋をしてポストの音に耳が立つ　和泉あかり

【くちづけ】

ヒロインのつもりで見てるキスシーン　河原　撫子
冬がだあーい好き焼きいもにくちづけ　海東　昭江
薔薇に口づけ少女の夢は果てしなく　原　悠里

【ソフト】

ぺてん師の武器はソフトな語り口　岡　遊希
強い風ソフトクリームおしまがり　青田　隆司
心までソフトであると限らない　今川　乱魚

【朗らか】

通夜の席赤ちゃん一人はしゃいでる　今川　乱魚

ルンルンと弾んで妻のカレンダー　北山　蕗子

ソプラノの笑いが洩れてくる二階　今川　乱魚

【さわやか】

新緑のシャワー若さが奮い立つ　手塚　好美

良い目覚めさわやかな日を約してる　山口　幸

点滴がとれてスキップ踏んで来る　今川　乱魚

【期待外れ】

くじ運にかけた結果のティッシュ箱　上鈴木春枝

小町とも聞いたが味のないお米　今川乱魚

リストラをしても増え続ける赤字　山本義明

【憎い】

お互いに憎んであの世まで行くか　石川雅子

憎らしいぐらい月曜日が晴れる　五十嵐修

犬の目に憎しみを見たことがない　今川乱魚

【悪いこと】

【わからない】

悪い悪いといっては席を譲らない　今川　乱魚

言い訳の言い訳をする朝帰り　太田紀伊子

サラリーの袋はいつも書き換える　大河原信昭

幸せの答えがいまだ見つからぬ　伏尾　圭子

わからないから燃え上がる恋心　永井しんじ

わかるまで言って聞かせてそむかれる　笹島　一江

【しつこい】

しつこいと言われてもまた逢いに行く　石川　雅子

がんばれと骨がしつこく言ってくる　嘉村ひすい

水虫と三十年は生きている　今川　乱魚

第八章　ヒト――五つのセンサー

【聞く】

方向音痴のわたしに道を聞いてくれ　竹下　圭子

眉つばのニュースも届く化粧室　中島　和子

釘さした人に全く耳が無い　梅原　環

【音】①

息をする音がしないと覗き込み　今川　乱魚

補聴器が拾うすてきな笑い声　太田紀伊子

オクターブ下げて真実伝えられ　五十嵐　修

【音】②

【雑音】

一心に耳をすませる開花音　増田喜久子
雑音の中に生きてるヒト科ヒト　太田紀伊子
若者の熱気が音に乗り移り　堤　丁玄坊
雑音を子守歌とし昼寝する　河原　撫子
雑音がきえて夜更けの虫の声　青田　隆司
雑音にめげず朗読声を上げ　今川　乱魚

【楽器】

オカリナはひょろひょろ雀降りてくる　今川　乱魚

フルートの音色悲しくしぼりだし　穴澤　良子

ヴァイオリンあの曲線がたまらない　神戸三茅子

【酔う】

七人の敵も酔ってる縄のれん　北山　蕗子

幹事役呑んでも酔わぬ人選ぶ　山口　幸

酔う程に君の気持がよく判る　北山　蕗子

【味】

味などはかまっていない一気呑み　松波酔保
行列を作る老舗のかくし味　北山蕗子
蜜の味覚えてからのなまけぐせ　山本義明

【渋い】

渋い男の好きな葉巻とエンビ服　北山蕗子
白髪で派手なファッション落ち着かせ　増田喜久子
ゆっくりと経験を説くいぶし銀　太田紀伊子

【のっぺり】

連休の町をのっぺり歩きます　秋野　康夫

脳のしわ日々にのっぺり感じます　石川　雅子

のっぺりの服が笑顔を浮き立たせ　太田紀伊子

【厚い】

厚着した冬を捨て去る男松　北山　蕗子

全集を揃えて書斎らしく見せ　上鈴木春枝

厚化粧若さを消していませんか　河原　撫子

第九章　はじめに言葉あり

【新聞】

新聞の山にノロマを叱られる　本田　哲子

新聞は死亡欄から読みはじめ　和泉あかり

新聞を見開きにして爪を切り　今川　乱魚

【雑誌】

網棚の雑誌私のためにある　山本　義明

週刊誌見出しにつられ買っている　町田　進

ダイエットのってる雑誌捨てられず　船本　庸子

【手帳】

家計簿で間に合っている主婦手帳　太田紀伊子

自分しか解けぬ暗号書く手帳　中田　早苗

忙しい顔して手帳覗き込み　山本　義明

【英語】

海外で英語教師と明かせない　岡　遊希

箔付ける祝辞に英語入れてみる　青田　隆司

スピーチの英語にルビが振ってある　山本　義明

【OK】

もう少し時間があればノーにする　石川　雅子

オーケーの右手が雲を掴んでる　太田紀伊子

バックオーライ縁石に乗り上げる　大河原信昭

【訂正】

訂正はしません好きと言った事　谷藤美智子

原稿を送った後にひらめいて　野口　わか

ゲームセットリセットボタンすぐに押す　手塚　好美

【無】

貸借は無しで今年を締めくくる　山口　早苗

無作為に進む我が家の時刻表　太田紀伊子

無いものは無いと財布があわてない　山口　早苗

【数字】

血圧も散歩も数字こだわらず　河原　撫子

数字には出ない苦労が妻にある　今川　乱魚

キングサイズ売場あちらと教えられ　山本　義明

【三】①

三分で顔を洗って靴をはく　伊藤　春恵

三杯も食べた青春どこにある　本多　守

広重の絵に三角の波が立ち　今村　幸守

【三】②

三角定規の穴に少年期がだぶる　古川ときを

三連の真珠で首を締められる　原田　順子

三本の足があったら鼻歌で　今川　乱魚

【四】

四隅までほじると恋人が消える　石川　雅子

四っつ目を持っても銭が拾えない　今川　乱魚

ハンカチの四隅つないでニュールック　太田紀伊子

【ブーム】

人がみな忘れた頃にマイブーム　浅葉　進

何ごともせまい日本はすぐはやる　定地　純子

誰だろうブームを作る人がいる　岡　遊希

【こ・そ・あ・ど】

あれからのドラマバブルの後始末　原田　順子
それはあれあれはそれですへそまがり　太田紀伊子
どれほどのものか一生仮の宿　渡辺とみ子

【オノマトペ】①

ぽつんぽつんショパンの曲が降って来る　嘉村ひすい
ぶくぶくと川は不満の泡を吹く　五十嵐　修
ダダダダダ暴走族の自己主張　仲谷　時子

【オノマトペ】②

コキコキの首リストラに耐えている　田制　圀彦

ぼーぼーと声上げて火は哭くのです　石川　雅子

裸婦像にめらめらめらとまだ男　古川ときを

【オノマトペ】③

選挙カーペラペラペラと空手形　佐藤　和助

どかどかと土足でやって来る訃報　五十嵐　修

ゴクリともいわず末期の水過ぎる　今川　乱魚

【オノマトペ】④

ギギギギッ開けて金庫に金がない　大河原信昭

かたかたと骨は逢いには来てくれぬ　石川　雅子

ぎっこんばったん父権が軽い日曜日　福島　久子

【オノマトペ】⑤

お局のチクリで部屋がシュンとする　大河原信昭

不具合の入れ歯モグモグ慣らしてる　佐藤　和助

バリバリと噛めた昔がなつかしい　田制　圀彦

【オノマトペ】⑥

袖口がピカピカ遠い日の私　五十嵐　修

どの嘘がばれた冷や冷や目を伏せる　石川　雅子

ファッションショーしゃなりしゃなりと男まで　佐藤　和助

【オノマトペ】⑦

大関もふにゃふにゃとなる子の笑顔　三井　良雄

どやどやと長靴を呼ぶ大鮪　青柳おぐり

度忘れの脳かニコニコ名がでない　長尾　美和

【オノマトペ】⑧

シャッターをシャカシャカ浴びせ美女を生む　青柳おぐり

切り出せぬ別れぎくしゃく歩く影　福島　久子

満員車スルリと寄ってきた香り　大河原信昭

【オノマトペ】⑨

十七歳こころひりひり痛む記事　原田　順子

にこにこと子供に戻る紙おむつ　古川ときを

恍惚の母がもりもり食べている　石川　雅子

【オノマトペ】⑩

じわじわと台風すでに島伝い　三井　良雄

一票のわたしゆらゆらしています　石川　雅子

ふにゃふにゃの君に娘は託せない　原田　順子

第十章　よく学びよく遊び

【先生】①

先生が傘寿生徒は喜寿で会う　河原　撫子

母さんを先生にする家事育児　上鈴木春枝

ムダなこと教えてくれた良い教師　神戸三茅子

【先生】②

先生をはずして楽し三次会　笹島　一江

先生が好きで授業も好きになる　船本　庸子

筆まめな教師生徒を困らせる　上鈴木春枝

【読む】

愛されるおんなになって源氏読む　原田　順子

読むほどに先が見えないサスペンス　三井　良雄

唇を読む晩学の英会話　田制　圀彦

【うた】

はなうたで妻の明るい台所　熊坂　久枝

終えんはマーチにのってラッタッタ　山中　信子

持ち歌は一つ私のマイウエイ　田制　圀彦

【地図】

現在地をまず探してる案内図　上鈴木春枝

付き合いの範囲が地図に収まらぬ　山本　義明

地図広げ作家の旅の跡たどる　川村　安宏

【絵】①

絵心を試されにゆく花の園　太田紀伊子

ピカソの絵しばし時間を置いてくる　長尾　美和

一枚の絵に人間が裁かれる　五十嵐　修

【絵】②

絵の中に自分を見てる恥ずかしさ　本多　守

絵の中で不気味に笑ういいオンナ　竹内　一人

子も育ちひからびている絵具箱　笹島　一江

【遊び】

あそび上手人も上手に遊ばせる　山口　幸

遊んだら勉強すると空手形　今川　乱魚

ヨーヨーもお手玉も祖母からの知恵　太田紀伊子

【風船】

風船に描いた顔はすぐ老いる　　岡　遊希

風船を飛ばして心軽くする　　増田喜久子

風船のように生きてる流れてる　　堤　丁玄坊

【人形】①

ひなの顔母の時代は母に似て　　権田　藍

捨てられて人形の瞳が濡れてくる　　和泉あかり

人形がぐずると夫婦慌てだし　　古川ときを

【人形】②

人形のお尻で習うおむつ掛け　大島　脩平

人形にならぬつもりの胃の痛み　上鈴木春枝

人形にならぬ自立へ羽を付け　穴澤　良子

【人形】③

人形に聞かせるふりで愚痴を言い　増田喜久子

人形になりきらないと生きられぬ　岡　遊希

人形も手を挙げている多数決　船橋　豊

第十一章　食べることは生きがい

【食べる】①

食欲の秋に読書ははかどらず　山中　信子

食べながらかけ足をするランドセル　熊坂　久枝

食べるためやせねばならぬモデル業　青柳おぐり

【食べる】②

健康になるまずいもの食べさせる　今川　乱魚

食べたいナ君の頬っぺた桜色　石川　雅子

玄米を食べて男に艶が出る　古川ときを

【煮る】

圧力鍋で肉も男もトロトロに　真弓　明子

名案がなくて空気を煮つめてる　篠原　房子

芋煮会さすが山形でかい鍋　住田英比古

【野菜】

無農薬曲っていても瓜は瓜　永井しんじ

野菜食べねばと中年期の会話　ひらのこず枝

生ゴミが野菜に変わるリサイクル　川村　安宏

【肉】

災難に備え贅肉蓄える　手塚　好美

キャミソール肉付きのよい人が好き　河原　撫子

巨体にも泣きどころある肉ばなれ　野口　わか

【卵】

コロコロ転がって卵は逆らわず　福島　久子

凡人の証に卵焼きが好き　山田　一雄

電子レンジたまごにだけは差別する　青柳おぐり

【酒】

軽く一杯軽く終ったことはない　川村安宏
三ケ日天下晴れての昼の酒　川村英夫
いい酒といわれて歌はやめておく　今川乱魚

【ワイン】

赤ワイン私の頬を染めにくる　山本義明
遠い日の涙が浮かぶロゼワイン　船橋豊
ワイングラス撫で撫で恋の序曲など　今川乱魚

【和食】

【ラーメン】

食器にも凝って和食の通になる　原田　順子

和食には合ってる長い長い腸　今川　乱魚

おにぎりが一番うまい災害地　佐藤　和助

かたくなな親父と中華そば屋台　海東　昭江

ラーメンをおかずにめしを二杯食う　今川　乱魚

ラーメンライス今青春のどまん中　ひらのこず枝

【食べ物屋一切】

【リンゴ】

大の大人がサビ抜きを一人前　今川　乱魚

味はおやじあいそおかみで売るおでん　青柳おぐり

カラフルな弁当夢を買ってくる　長尾　美和

千疋屋に並ぶとツンとするリンゴ　青柳おぐり

大声で実存主義を言うりんご　嘉村ひすい

リンゴパイ妻の昔の香りする　今川　乱魚

【果物】

アンケートメロンが好きと書いておく　河原　撫子

ジャンケンで鬼が西瓜を買いに行く　山口　幸

飾られてパセリの気持ち知るチェリー　ひらのこず枝

【菓子】

ダンゴブーム去ってもずっとダンゴ好き　田実　良子

菓子食べた指をなめてるドアチャイム　山本　義明

親方が手を出してから取るお菓子　大島　脩平

【煎餅】

いい香り部屋いっぱいに煎餅だ　大河原信昭

煎餅がバロメーターの歯の治療　村松　竜雲

煎餅がパリンと割れて春がきた　和泉あかり

【お茶】①

一杯のお茶から動き出す時計　山本　義明

お茶だけの仲から先に進めない　岡　遊希

決めかねる紅茶に抹茶ウーロン茶　太田紀伊子

【お茶】②

お茶ばかり飲んで話がまとまらぬ　山本　義明

お茶でもと言うおあいそが温かい　増田喜久子

ハーブティー心を癒す昼下がり　中田　早苗

【茶】

両の手を添える名器へ茶がうまい　長尾　美和

茶をすする二人静かに時が過ぎ　熊坂　久枝

建て前はもう聞き飽きた茶碗酒　五十嵐　修

【コーヒー】

コーヒーを気取って頼む幹事役　佐藤　和助

秋風にコーヒー色が良く似合う　秋野　康夫

コーヒーのあとでお縄を頂こう　今川　乱魚

【タバコ】

好きな人のタバコはとてもいい匂い　石川　雅子

吸殻の散らばる街を朝帰る　青柳おぐり

タバコ吸いに来て月給を貰ってる　今川　乱魚

第十二章　脱ぐために着る

【覆面】

顔パック忘れ宅急便を受け　本田　哲子

評論の辛さ覆面子を名乗り　田制　圀彦

モザイクの疑惑多弁になるばかり　原田　順子

【マスク】①

銀行へ大きなマスク疑われ　船橋　豊

真っ白いマスクが似合う細面　今川　乱魚

無精ひげすっぽり隠す白マスク　山本　義明

【マスク】②

ガスマスク用意しなさい世紀末　古川ときを

甘いマスクしてて言いたいことを言う　今川　乱魚

銀行でマスクが皆に睨まれる　大河原信昭

【マスク】③

頭にもときにマスクが欲しくなり　今川　乱魚

マスクして行けば会議は抜けられる　石川　雅子

マスクしてみると人間までかわり　大河原信昭

【ネクタイ】①

ネクタイピンの位置に本音が伏せてある　五十嵐　修

ネクタイを昨日のままで出社する　大河原信昭

ネクタイを結び遠い日取り戻す　三井　良雄

【ネクタイ】②

ネクタイに今日の一歩を締められる　鈴木　南枝

ループタイとうに刀は捨てている　五十嵐　修

ネクタイに律義な顔がついて来る　川村　英夫

【スカーフ】

真知子巻き日本を駆けた遠い過去　野口　わか

スカーフを風呂敷にする土産物　北山　蕗子

念入りにスカーフ結び会いに行く　原　悠里

【マフラー】

ロングマフラーで大切な人絡めとる　古川ときを

マフラーをあなたのためにほどいてる　福島　久子

若いっていいナ一つマフラー首二つ　和泉あかり

【シャツ】

【チョッキ】

Tシャツが国民服になる夏よ　笹島　一江

潮の香をつけて海からシャツ帰る　亘　高一

ダブダブのシャツで肥満を隠してる　今村　幸守

どのチョッキ着ようか迷う散歩道　松波　酔保

ちぢまった主人のチョッキ丁度よい　穴澤　良子

暑いような寒いようなで着るチョッキ　今川　乱魚

【上着】

アイビーの上着青春だった頃　河原 撫子

脱ぎません上着を取ればパジャマです　山本 義明

上着には涙のしみもついている　青田 隆司

【靴】①

成人の日から鳴らない靴となる　今川 乱魚

良い靴は一足あればいい暮らし　松波 酔保

履く人の性格見せる靴の底　川村 英夫

【靴】②

靴のひもとけてはしごの酒やめる　青田　隆司
雑草の秘めた刃を知らぬ靴　岡　遊希
靴ずれを理由に休む万歩計　上鈴木春枝

【傘】①

全員を人質にして核の傘　岡　遊希
黒い傘常識だけが通りそう　今川　乱魚
傘の中うっとうしさも気安さも　太田紀伊子

【傘】②

忘れてもいいような傘持たされる　青柳おぐり

おんなひとり用心棒の男傘　原田　順子

決心をうながす傘のしずく切る　和泉あかり

【水着】

きわどい水着カニも下から見上げてる　山口　幸

夜中だけこっそり水着つけてみる　増田喜久子

腰に巻いただけで働くあまの布　太田紀伊子

【毛糸】

もつれては編みほどいては編み彼想う　石川　雅子

毛糸玉むかし話を聞きたがる　五十嵐　修

緬羊をなでて毛糸を瞼する　青柳おぐり

【紐】

負ぶい紐母の形見で子を背負い　福島　久子

爆弾がついてる紐を下げている　今川　乱魚

あやとりが上手な妻に操られ　古川ときを

【ひも】

フリーサイズ紐が便利な腰の位置　河原　撫子
栄転へ荷造りのひも弾んでる　上鈴木春枝
着付け教室ひも数本に苦戦する　ひらのこず枝

【指輪】

指輪まで失くしてしまう倦怠期　権田　藍
指輪外して家裁の門を右左　大河原信昭
知るまでは輝いていた偽の石　権田　藍

第十三章　住まいはローンの上に

【街】

合併にやがては消える街の貌　原田　順子

あったかい街だ定時にバスが来る　五十嵐　修

造形の街を見飽きているカラス　原田　順子

【ビル】

駅ビルで三食過ごす人のいて　太田紀伊子

天国と地獄が雑居ビルにある　田制　圀彦

人の血が薄まるビルが高くなる　五十嵐　修

【アンテナ】①

アンテナも噂話に飽きてくる　原田　順子

人脈のアンテナ高く高く張る　五十嵐　修

パラボラに淡い恋まで覗かれる　太田紀伊子

【アンテナ】②

アンテナが折れて噂が届かない　山本　義明

アンテナに頼る我が家の危機管理　岡　寿男

十二歳が放つ電波を拾えない　堤　丁玄坊

【家】

家中の笑い溢れる夏休み　松本　晴美

哀しみの中でも帰る家がある　海東　昭江

いい家だ税金だって凄かろう　今川　乱魚

【門】

赤門で撮った写真を見せ歩く　山本　義明

夕焼けへ切り絵のような寺の門　海東　昭江

その昔地主でしたと門が言う　川村　安宏

【屋根】

屋根裏の箱の中から出る昔　神戸三茅子

お日様と仲よし風呂もわかす屋根　太田紀伊子

屋根までは飛べぬ団地のシャボン玉　永井しんじ

【壁】

本棚に寄りかかられてつらい壁　太田紀伊子

頑張りが記録の壁を破り捨て　手塚　好美

お宝がありそう壁の白い蔵　青田　隆司

【庭】

伊予柑で野鳥を招く狭い庭　中田　早苗

土いじり春だ春だと忙しい　川村　英夫

四季の色狭い庭から教えられ　上鈴木春枝

【天井】

天井裏アンネの息が詰まってた　増田喜久子

天井が下がる夢みた少年期　永井しんじ

天井の次に見るのは脚線美　今川　乱魚

【じゅうたん】

三代の雛が重たい緋毛氈　太田紀伊子

雲のじゅうたんに乗って戻らぬ姉の旅　青田　隆司

じゅうたんの厚さを猫が値踏みする　河原　撫子

【ござ】

ゴザ一枚仕事の場所にしてる農　石戸　秀人

花見時ゴザもいっしょに酒を飲み　浅葉　進

ママゴトのゴザに客間も作ってる　山口　幸

【押し入れ】

押入れに隠す男が一人居る　原田　順子
押入れに母の形が置いてある　長尾　美和
押入れをブランドタオル出たがらぬ　太田紀伊子

【エアコン】

エアコンのリボン涼しく招き入れ　谷藤美智子
エアコンと根比べする主婦の午後　増田喜久子
古いエアコンが疲れた音を立て　今川　乱魚

【クーラー】

クーラーはいらない風の道がある　山口　幸

クーラーで妻が心を冷やしてる　今川　乱魚

今日だけはクーラーとめる八月忌　海東　昭江

【テレビ】

チャンネルを廻せばプイと寝る夫　河原　撫子

リモコンで自分の方を向くテレビ　山口　幸

うたたねの頭で雨になるテレビ　太田紀伊子

【机】

文豪の愛した宿にある机　山本　義明

なんとなく机に辞書が置いてあり　中沢　広子

椅子のない机でミカン箱でした　今村　幸守

【椅子】

長椅子へ先に寝ている猫の昼　太田紀伊子

食卓の椅子が空いてるご栄転　河原　撫子

椅子二つ重ねへそくりさがしてる　山本　義明

【ベッド】

ベッド満杯ナースの脳がはじけそう　ひらのこず枝

ベッドから落ちたまんまで朝が来る　山本　義明

ロボット犬にベッド一つを奪われる　船橋　豊

【風呂】

風呂場から自分一人の祝い唄　佐藤　和助

朝風呂に小鳥の声と妻のぐち　秋野　康夫

風呂の窓開けてやましい事はない　和泉あかり

【トイレ】

トイレどうですと親切すぎる彼　嘉村ひすい

女磨くようにトイレをそうじする　和泉あかり

女子トイレ男をむしる話など　原田　順子

【ガラス】

ギヤマンの玉虫色に命かけ　太田紀伊子

透明なガラス向こうが見え過ぎる　三井　良雄

いいヒントくもりガラスに書いておく　長尾　美和

【オブジェ】

イベントが済んでオブジェをゴミに出し　村松　竜雲

高齢化社会の白いオブジェたち　今川　乱魚

交差点若いオブジェが二人立つ　秋野　康夫

第十四章　仕事も道具も暇つぶし

【パート】

化粧代ぐらいは稼ぐパート代　上鈴木春枝

正社員よりも手際の良いパート　太田紀伊子

参観日パート先から駆けつける　上鈴木春枝

【時計】

目覚ましの時計が憎い冬の朝　田制圀彦

時計屋のおやじが時間守らない　古川ときを

死刑囚の時計ぴったり合っている　五十嵐修

【忙しい】

忙しいなんていちばん下手な嘘　五十嵐　修

早く早くとママの日課が始まった　福島　久子

入金の時刻をまめに聞いている　今川　乱魚

【上手】

上手いこと言って私の眼を見てる　石川　雅子

鉛筆を削る小さな手をホメる　和泉あかり

趣味多忙夫をうまく手伝わせ　太田紀伊子

【下手】

嘘をつく顔が歪んで分ります　原田　順子

箸使いレディーに見えぬ握り箸　和泉あかり

下手だナー顔は笑って許してる　石川　雅子

【家事】

妻送り家事の段取り考える　永井しんじ

家事特訓夫をほめて育て上げ　ひらのこず枝

定年の贈り物にと家事をくれ　川村　安宏

【スイッチ】

悪口がつつ抜けマイク切り忘れ　船橋　豊

スイッチはここよあなたは意気地なし　山本　義明

豊かな胸にはスイッチが隠れてる　今川　乱魚

【イヤホン】

イヤホンは噂話を聞いてない　本田　哲子

満員車イヤホン抜けた音がくる　和泉あかり

イヤホンであの世の声を聴いている　今川　乱魚

【袋】

にんげんの弱さ袋の中を見る　五十嵐　修

いい袋には貧乏な神がいる　今川　乱魚

ほめられて笑い袋がはじけだし　長尾　美和

【皿】①

皿を割る百円ショップさまさまよ　山下　省子

わびしくないか見られてるだけの皿　本田　哲子

今右衛門の皿に目玉が飛び出そう　今川　乱魚

【皿】②

青磁の皿海が見えます活作り　原　悠里

アフガンの皿へ盛りたい柏餅　太田紀伊子

皿なんかいくつ割っても君が好き　川村　安宏

【ナイフ】

サバイバルナイフが少年を変える　山本　義明

月の夜に君を恋してナイフ研ぐ　北山　蕗子

リンゴむく淋しさうすくうすくはぐ　海東　昭江

【缶】

灰皿は空き缶がある禁煙車　原田　順子

缶があり空ビンがあり妻の留守　今川　乱魚

真夜中に缶をけとばす奴がいる　秋野　康夫

【ボトル】

ボトルまであくびしているカウンター　上遠野長政

ボトルごと観光バスへ運び込む　大島　脩平

飲み疲れボトルも横になって寝る　今川　乱魚

【針】

縫針を数えて母が立ち上がり　福島　久子

東京の針はちょこまかよく動き　今川　乱魚

針箱に母の形見を眠らせる　大河原信昭

【ボタン】

アイロンへポロリと欠ける貝ボタン　今川　乱魚

優しさもボタンの色にクレヨン画　長尾　美和

第二ボタンへ憧れと恥じらいと　太田紀伊子

【鏡】

家中の鏡と齢をとっていく　和泉あかり

思わない癖をカガミに教えられ　三井　良雄

こがれ死に黒水仙の水鏡　嘉村ひすい

【額】

ルノワールガラスの額が反射する　福島　久子

歴代の顔を並べた社長室　和泉あかり

玄関の大きな額の不釣合い　村松　竜雲

【ペン】

ワープロで書いてひと言ペンで書く　上遠野長政
ペン置いてそれ程憎い訳でない　岩井　三窓
ペンと辞書あれば十二時まで遊ぶ　久野志奈子

【紙】

白紙だな敵の意中が読めてくる　長野　清子
紙が金になることを知りダラクする　青柳おぐり
振り向いたとたん紙ヒコーキが来る　おかの蓉子

【ファイル】

あなたとの記憶しっかりファイルする　太田紀伊子

週刊誌閉じてただ見をさせぬ場所　秋野　康夫

永遠にファイルあの夜のプロポーズ　和泉あかり

【オートバイ】

渋滞で得意な顔のオートバイ　中田　早苗

ハーレーのワッペンだけで我慢する　山口　幸

ヘルメット脱げば少女と知るバイク　ひらのこず枝

【船】

リストラのことは思わぬ豪華船　原田　順子

母さんに孝行したい船が出る　嘉村ひすい

鯨漁る夢が消えない父の船　山口　早苗

【ピストン】

ピストンの軸父親の影を見る　大河原信昭

D51のピストン銀河系にいる　今川　乱魚

ピストンの誇り無遅刻無欠勤　五十嵐　修

第十五章　争いは金に始まる

【宝】

大掃除めぼしい物は出てこない　和泉あかり

宝などないが笑顔は忘れない　田制圀彦

捨てようと思えば宝物に見え　本田哲子

【宝石】

本物のダイヤ金庫に寝せてある　田制圀彦

観音の頭上を飾る石の数　福島久子

泥棒にいつも脅えるジューエリー　今川乱魚

【銀行】

あれここに僕の銀行あった筈　川村　安宏

ペイオフも関係ないと寝正月　秋元　苔童

低金利貸金庫だけ借りようか　ひらのこず枝

【キャッシング】

キャッシング借りる楽しさまず先に　山口　幸

キャッシング君の名儀を借りておく　太田紀伊子

ちょいと借りかえす苦労のキャッシング　山本　義明

【現金】①

【現金】②

現金が間借りしている化粧台　山本　義明

現金の絵柄も忘れ暮してる　野口　わか

現金の重さで心弾んでる　原　悠里

現金で結納安くなりますか　堤　丁玄坊

金利ゼロタンス預金がいばり出す　手塚　好美

手形では御不満ですか仏様　岡　遊希

【ボーナス】

【赤字】

ボーナス迄ボーナス迄と子をだます　山口　幸

ボーナスで指輪おくったこともある　今村　幸守

ボーナスの話聞いてる別世界　原　悠里

義理へ義理を返しホワイトデー赤字　ひらのこず枝

赤字でも飲み代だけは減らさない　岡　遊希

母に借りたものは生涯返せない　今川　乱魚

【倒産】

夢ばかり語る社長で社を潰し　田制　圀彦

倒産を知らずに結ぶ靴のひも　和泉あかり

倒産の社から古椅子頂こう　太田紀伊子

【すり】

間の抜けた男を見抜く女掏摸　今川　乱魚

すりに合い貧乏神になだめられ　野口　わか

すり取られ路地で泣いてる空財布　今村　幸守

【化ける】

子狐が電車の中で化けている　嘉村ひすい

足の先まで化けるには金がいる　今川　乱魚

外出をする別人になった妻　大河原信昭

【衝突】

近道を探し衝突ばかりする　五十嵐　修

衝突をしても実家が待っている　今川　乱魚

出会い頭のままに二人が結ばれる　五十嵐　修

【喧嘩】

愛犬のケンカが人に飛びうつり　後藤　建坊

好き嫌いよりもお金でけんかする　堤　丁玄坊

争いのあとの財布がよく開き　太田紀伊子

【殴る】

教師を殴る股ぐらからのぞく　福島　久子

拳押さえこん畜生をなだめてる　大河原信昭

ライバルと握手心はなぐりたい　山田　一雄

【毒】

褒めそやす言葉に毒が入れてある　五十嵐　修
毒舌をはいて孤立の中にいる　山中　信子
鮮やかな彩で男を食うきのこ　福島　久子

【拉致】

喜んで拉致されましょうキムタクに　原田　順子
ウインドウの丼に子等拉致される　大河原信昭
拉致したい恋を言えないストーカー　太田紀伊子

【テロ】①

アメリカの誇りがテロで崩される　北山　蕗子
見たかったドラマを消したテロニュース　ひらのこず枝
飛行機に乗らぬほんとのテロリスト　今川　乱魚

【テロ】②

テロという悲しい風をだいた街　臼井　彩華
ボス猿が山を追われた無血テロ　植竹　団扇
油の海泳いでテロがやってくる　葛西　清

第十六章　健康は財産　成長は老化

【汗】

【冷や汗】

気の弱い汗をかいてる腋の下 今川 乱魚

美しい汗を吸い込むレオタード 増田喜久子

鉛筆へ汗からませた青春譜 田辺サヨ子

先生にばったり会ったずる休み 原 悠里

パスポート荷物にまぎれ大さわぎ 青田 隆司

知っている振りして講義する寒さ 手塚 好美

【怪我】

赤チンが減らなくなった子の育ち　上鈴木春枝

すり傷へ過去の思いが蘇る　北山蕗子

包帯を巻けぬところで怪我をする　今川乱魚

【咳】①

神様に咳をもらった初詣で　上鈴木春枝

空論を聞いて乾いた咳をする　今川乱魚

子の咳がパートの朝を脅かす　岡遊希

【咳】②

咳払い俺を忘れて欲しくない　今川　乱魚

せき一つ聞きわけているパートナー　神戸三茅子

咳ぐらいでおたおたしない妻になる　太田紀伊子

【薬】

薬石効無くと年末ハガキ来る　嘉村ひすい

薬好き三度三度を楽しんで　太田紀伊子

花束の中にまぜてるとりかぶと　福島　久子

【くすり】

くすり屋で効能きけばみんな効く　青田　隆司

恥ずかしくレジへ座薬を持って行き　山本　義明

受験期の母が離せぬ頭痛薬　上鈴木春枝

【補聴器】

補聴器に聞いてほしいな独り言　三井　良雄

補聴器同士恋のベンチに陽が当たる　福島　久子

補聴器が隣の話聞いてくる　原田　順子

【オムツ】

一かかえ紙おむつ持ち里帰り　穴澤 良子

オムツ替えた孫にオムツを替えられる　ひらのこず枝

平成にレトロとなった布オムツ　増田喜久子

【太る】

遺伝だと諦めている丸い腹　田制 圀彦

水を飲んでも太るのですと笑ってる　菊池 葉子

欲太るばかりいのちがせつなくて　渡辺とみ子

【しびれる】

右足がしびれる右に妻がいる　今川　乱魚

説教にしびれていない足がある　今村　幸守

手を握りしびれてみたい人がいる　古川ときを

【散る】

一喝へ散り散りに去るいじめっ子　山本　義明

ちりぬるを大和ことばは美しい　太田紀伊子

花吹雪散らせ第二の門出する　増田喜久子

【死ぬ】

死んでからいい花つける樹を植える　今川　乱魚

何を抱いて土に還ってゆくだろう　五十嵐　修

死ぬ時の事はしばらく置いておく　嘉村ひすい

第十七章　何でも入るポケット

【泡】

低金利バブルの頃が懐かしい　神戸三茅子

首だけを泡から出している美人　堤　丁玄坊

ちょびひげにつけば楽しい泡となる　今川　乱魚

【初】

何にでも初の字付けて動き出す　神戸三茅子

初孫にすっかりエキス抜きとられ　中島　啓喜

入念に眉を書いてる初鏡　北山　蕗子

【仮】

仮免がかい書で曲がる交差点　ひらのこず枝

仮の世と思ってみても欲が出る　増田喜久子

仮住まいにぎょうさん道具もち女　窪田 和子

【揃う】

見せるため上下揃いのランジェリー　岡 遊希

制服を着ればやる気になってくる　原 悠里

ハイチーズ旅は道づれ北の果て　川村 英夫

【雑】

雑音の中から君の声見つけ　今川　乱魚

雑念を一杯抱いて恋をする　増田喜久子

バス停の移動で雑貨屋を閉める　上鈴木春枝

【逆】

東京に田舎文化を送りつけ　石戸　秀人

逆上がり出来た子供の泥まみれ　大西　豊子

逆光でも良い大切なツーショット　上鈴木春枝

【浮かぶ】

土星には豪華な浮き輪つけてある　今川　乱魚

灯籠を流して夜が昼のよう　田澤　一彦

仲たがい浮かぶ心の傷の跡　立野与志雄

【粉】

白粉が女の顔を変えにくる　藤波　正寿

母さんのほほにメリケン粉が光り　大西　豊子

そば打ちにはまり自前の畑持ち　永井しんじ

【詰まる】

自分史の余白フィクション詰めておく　橋本ひとし

詰め込んだリュックが明日を待ちわびる　大河原信昭

上げ底のことばが詰まる会議室　原田　順子

【時】

子の世話にならぬ時間を止めておく　大河原信昭

時刻表通りのバスに乗り遅れ　山中　信子

夜遊びのカラス時計の針がない　大河原信昭

【横】

やけくそになると線路で横になる　今川　乱魚

横這いが好きで出世に遠くいる　大河原信昭

白黒に横を向くのは犯人か　原田　順子

【封】

長い長い舌でゆっくり封をする　今川　乱魚

湯気にあて内緒で封を開いてる　佐藤　和助

トトントトン最後の棺の釘を打つ　今川　乱魚

【来る】

電話来るほかは一日物言わず　嘉村ひすい

どちらでもいい人ばかり先に来る　今川　乱魚

来る老いに負けるものかと本を読む　山下　省子

【遅刻】

マークしたあの娘の来ない発車ベル　石川　雅子

遅刻する人の電車はよく遅れ　今川　乱魚

五分ほど進め時計に油断され　和泉あかり

【錆びる】

一人旅心のさびを削り取る　和泉あかり
錆びが来た膝がぎしぎし泣いている　古川ときを
脳みそが錆びて体が動かない　仲谷　時子

【東】

早寝早起き我が家の窓は東向き　山本　義明
東向いて笑ういい日になるように　太田紀伊子
マニュアルの校歌東に筑波山　大島　脩平

【張る】

張り板が車庫で昼寝をしています　太田紀伊子

煙幕を張っても恋はお見通し　今川　乱魚

肩の張るお席で時計ばかり見る　増田喜久子

【火事】

ヤジウマ同士話が弾む火事現場　太田紀伊子

火事ながめ確かめてみる保険額　青田　隆司

使い方知らずに消火器の埃　上鈴木春枝

【神】

神さまのいたずらでしょう赤い糸　原　悠里
住み着いた貧乏神と仲が良い　松波　酔保
鈴鳴らすと神も執事も現れる　今川　乱魚

【掃除】

煮こぼれたレンジを磨く憂さ晴らし　谷藤美智子
クレンザー一本で済むエコ掃除　河原　撫子
落葉掃く落葉の話聞きながら　原　悠里

船橋　豊
船本庸子
古川ときを
本田哲子
本多　守
マ　増田喜久子
町田　進
松井文子
松川和子
松波酔保
松本晴美
松本隆一
真弓明子
三井良雄
宮内可静
村松竜雲
ヤ　山口　幸
山口早苗
山下省子
山田一雄
山中信子
山本由宇呆
山本義明
吉村木星
ワ　渡辺とみ子
亘　高一

作者一覧

五十音順・敬称略

ア
青田 隆司
青柳おぐり
秋野 康夫
秋元 苔童
浅葉 進
穴澤 良子
雨宮 彩織
五十嵐 修
石井太喜男
石川 雅子
石戸 秀人
和泉あかり
伊藤 春恵
今川 乱魚
今村 幸守
岩井 三窓
植竹 団扇
上田 野出
臼井 彩華
梅原 環
江口 信子
近江あきら
大河原信昭
大木 俊秀
大島 脩平
太田紀伊子
太田ヒロ子
大西 豊子
大森 義昭
岡 寿男
岡 遊希
おかの蓉子

カ
海東 昭江
葛西 清
上遠野長政
上鈴木春枝
嘉村ひすい
川村 英夫
川村 安宏
河原 撫子
神戸三茅子
菊池 葉子
北山 蕗子
空閑 旺照
窪田 和子
熊坂 久枝
後藤 建坊
小林 宥子
権田 藍

サ
酒井 笑虎
笹島 一江
佐藤 和助
篠原 房子
清水 波穂
鈴木 南枝
鈴木 浩
住田英比古

タ
竹内 一人
竹下 圭子
田澤 一彦
田実 良子
田制 圀彦
立原 早苗
立野与志雄
田辺サヨ子
谷藤美智子
堤 丁玄坊
定地 純子
手塚 好美

ナ
永井しんじ
永井 玲子
長尾 美和
中沢 広子
中沢ほう介
中島 和子
中島 啓喜
中田 早苗
仲谷 時子
長野 清子
野口 わか

ハ
橋本ひとし
原田 順子
原 悠里
久野志奈子
久野 孝
日野 真砂
ひらのこず枝
福島 久子
伏尾 圭子
藤波 正寿

あとがき――即吟礼讃

今川　乱魚

三分間吟の川柳句集という世にも珍な句集を出すことにした。

私の主宰する９９９（スリーナイン）番傘川柳会では、一九九九年の発足時から句作練習の一つとして三分間吟を行っている。課題を出してから一八〇秒間に詠んだ句を句箋に書いて出し、選者が選んで披講（発表）するのであるが、ストップウオッチが時を刻む間はサラサラという鉛筆と紙の摩擦音以外には咳ひとつ聞こえない。これだけ緊張して川柳を詠むことは、ほかではめったにないであろう。絵や音楽の世界ではエチュード（習作）が記録され、発表される機会があるが、文芸ではこれまでほとんど行われておらず、その記録にいたってはないと言ってよい。当会では即吟の入選句も記録し、翌月配布するとともに、毎月インターネットのホームページにも発表している。

作句時間を「秒」の単位に

川柳も俳句もこれまで作句時間の単位は、「何日」「何時間」、短くて「数分」であった。これをわれわれの即吟では「秒」の単位に縮めることにした。句数には制限がないから、多作の人は一八〇秒間に、五句以上作る。一句当たりは三〇～四〇秒で作句する勘定になる。まさに「秒」の単位なのである。ただし、句数が多ければよいということではない。集句の中から選者がよい句を選び、披講するのである。

本書の全作品は先に述べたとおり習作なのであるから、よそでゆっくり時間をかけて作句された人の作品は、本来これ以上のレベルのものを発表すべきである。俗諺にいう「下手の考え休むに似たり」であってはならない。独断ではあるが、三分間という時間の単位は、人間の暮らしの中で意味のあることのできる最短の時間ではないかと思う。即席ラーメンが茹で上がり、カラオケの一曲が歌われ、ボクシングのワンラウンドが闘われ、郊外電車がひと駅を走る時間に相当する。これらの時間の間に、川柳を作ることができるのである。それは川柳という文芸が口語であり、五七五のリズムの外に制約がないからであろう。

編集に当たっては、選者が披講した句の中から当会のベテラン作家が各題数句ずつを選び、さらに最終的には私が各題三句に絞って掲載した。ユーモアの句が多いのは、私自身の選句方針である。三分間吟といえども、すべて川柳作家が詠んだものであるだけに、一定レベル以上には達している。川柳ブームに乗って企業やマスコミなどでさまざまな名称を付しては川柳として発表しているものとは異なり、ふざけた下品な内容の句、粗雑な表現や基本の五七五のリズムが守られていないような句は作られていない。

即吟は民衆のエネルギー

短詩型の歴史には、洋の東西を問わず、即吟が行われている。西洋には「即興詩人」や「吟遊詩人」がいた。彼らは農作業のあと、祭りや酒席などで即興の詩を声にして、時には節をつけて歌った。最近日本でも流行ってきた「詩のボクシング」も、レフェリーがゴングを鳴らしてから三分間以内に二人が予め用意した自作の詩を読む。複数のジャッジがその場で優劣を判定し、レフェリーが勝敗を告げるという仕組みである。声に出して詠むところと、自由詩である点は西洋の即興詩と同じであり、二人で競い合う点は、昔から行われている「川柳相撲」と同じである。ついでながら、「詩のボクシング」という名称は商標登録されているので、許可なくこの名称を使って催しを行うことはできない、とのことである。

「川柳相撲」も作句時間は出題後三分間が多く、二人が同時に句を出し合い、行司（一人の選者）が優劣を判定する。十一～十二世紀のペルシャ（今のイラン）の詩人オマル・ハイヤームが詠んだ人間諷詠の四行詩「ルバイヤート」には、内容から見て即興の作が含まれていてもよさそうに思うが、不明にして知識がない。西洋の十四行定型詩である「ソネット」は、形が決まっていていてしかも長過ぎるので、おそらく即興ではここまで詠むことができなかったと思う。以下に述べる日本の俳諧、連歌とともに、即吟は民衆のエネルギーの発露だと思える。

中国から日本へ曲水宴、そして矢数俳諧

中国では、晋《しん》の時代に、詩人で名書家でもある王羲之《おうぎし》が始めたといわれる「曲水宴《きょくすいのえん》」がある。美庭に巡らせた曲水の流れに盃を浮かべ、盃が自分の前へ流れ着くまでに詩を作り、後で宴会をする催しで「永和九年（西暦三五三年）三月三日、会稽《かいけい》山陰の蘭亭《らんてい》に文人を集めて行ったものが最初である」と、角川漢和中辞典には記されている。この行事が奈良時代に日本にもたらされ、平安時代には、三月三日の節句に宮中で「曲水宴」として催されたという。歴史の古い中国には漢字を始めとして、日本はいろいろなことを学んでいるが、この文化的行事も中国からの到来に始まる。

江戸時代、俳諧の連歌では、午前中に句会が行われるのは珍しくなかった、ということである。すると、歌仙三十六句を詠むのに、平均の一人当たり作句時間は、六、七分ではなかったろうか、と思う。連歌・俳諧用語には、「即点」という言葉がある。俳文学大事典（角川書店）の鈴木勝忠氏解説には、「点取り俳諧での興業形態の一つ。線香三分・ろうそく二分（略して線三分・燭二分）など、制作時間に制限を設け、その場で点者（選者）の点を請い、優劣を争うのを目的とした」とあり、線香五分という例も伝えている。

それが一句案ずる時間か、句数に制限がなかったのか、あるいはその両方なのか、は記録を見ていない。

俳諧連歌では、一昼夜で二三五〇〇句を作ったという、井原西鶴の大矢数が有名である。以下は「西鶴矢数俳諧の世界」（大野鵠士著・和泉書院）から略記する。詳しくは同書をご覧頂きたい。矢数の名称は「京都三十三間堂通し矢」に由来し、射通す所定時間が「卯の刻（午前六時）から酉の刻（午後六時）までを日矢数、暮六つ（午後六時）から翌日の暮六つまでを大矢数」と称した。「西鶴によって貞享元年（一六八四）六月五日から六日にかけて、住吉社前において」空前絶後の大矢数記録が作られたという。一昼夜二十四時間の二三五〇〇句は、一句当たり平均三・七秒に相当する。どんな句を記録係はどのように書いたのかは分からない。当時流行した矢数俳諧では興業中に人事不省に陥った者もいたという。そして矢数俳諧興業の趣旨の第一は記録樹立にあり、今昔を問わずこれに対する文学的評価は必ずしも高くはない、と著者は述べている。私は、時間をかければ文芸であり、即吟は文芸ではない、という考えはとっていない。要は作品の質の良し悪し、面白さである。よくないものは落としたらよいのである。

即吟の効用、次々と賞を頂く

前記の大野鵠士著によれば、平成四年十一月三日、兵庫県伊丹市で「西鶴に挑む―矢数俳諧」と称する企画が催され、大学教授で俳人の坪内稔典氏が一分間で十五句を作ったとして、いくつかの句も紹介されている。面白い試みであるが、継続して催されてはいないようである。

われわれ９９９番傘川柳会の三分間吟は、前述の通り川柳習作の一方法として、三会場で毎月行われており、入選句の記録もすべて残されている点は他に前例がない。私の個人的な話になるが、その効用の一例をご紹介しておきたい。

私は、平成十五年七月に胃と脾臓を癌で全摘した。術後二週間もすると、傷の痛みは軽くなった。そこで猛然と闘病川柳を作り始めた。三分間吟をやっていたお陰で実体験の句はみるみるうちに溜まっていった。一か月後にはこれを句集にまとめることを思いついた。章立てを考え、表紙の漫画も依頼し、お見舞いに来られた先生には序文もお願いした。それらは、病気の苦しさを忘れさせてくれた。退院後の十一月末には『癌と闘う― ユーモア川柳乱魚句集』として出版に漕ぎつけることができた。

それからが忙しくなった。十六年には新聞やテレビ数社の取材も受け、本は大量に増刷することになった。これを機に七月には札幌市で川柳の大きな賞を頂き、十一月には大岡信先生の「折々のうた」欄（朝日新聞）にも紹介された。十七年十一月には北上市にある日本現代詩歌文学館の四年に一度の賞を頂くことが決まっている。これらももし、三分間吟をやっていなかったら、術後にそれだけの数の川柳を作ることはできなかったであろうし、右のようなことも起こらなかったと思う。三分間吟様々、癌様々である。

本書の作品をお読み頂いた方には、短時間に巧まずして詠まれた川柳のほのぼのした味わいを感じて頂けたのではないかと思う。共感頂いたら、こんどはお仲間と三分間吟をぜひお試し願えたらうれしいと思う。

さて、本書の発行は、三分間吟を七年間も付き合ってくれてきた仲間達に感謝の意を込めて、前例のない作品集としてまとめようと考えたからである。三つの会場ごとに第一次選者を決めた。八丁堀会場は大河原信昭さんと原田順子さん、土浦会場は太田紀伊子さんと堤丁玄坊さん、我が家の二階で開いている柏会場は山本義明さんと上鈴木春枝さんの計六人に依頼した。その選句結果から、さらに私が最終的に各課題秀句三句ずつを選んだ。課題には「こ・そ・あ・ど」（これ、それ、あれ、どれ）とか「オノマトペ」（擬声語、擬態語）などの変わった題も出されている。義明さんには本書全体の校正もして頂いた。

大事なことが、最後になってしまった。

親しく序文を書いて頂いた阪田貞宜氏は、現在英語テストのＴＯＥＩＣで全国的に知られている（財）国際ビジネス・コミュニケーション協会の副会長をされている。緻密な考えをなさる方で、今から二十年以上前になるが、今の私の職場での役員をされていた。よくお酒をご馳走になり、人生の処世訓をお聞きした。お説教と称していたが、今日それを私の生き方にどれほど参考にさせて頂いているか分からない。快く応援の一文を書いてくださった。

表紙の楽しい漫画は、私の本の表紙ではおなじみの西田淑子さんにお願いした。今年（二〇〇五）フランスで開催された世界漫画家会議にも招待された国際派漫画家である。日本漫画家協会国際部やＦＥＣＯ Ｊａｐａｎ（世界漫画家連盟日本支部）に所属し、日本漫画の会幹事長を務めておられる。これも私の若いころ、西田さんと一緒に経済情報サービスの仕事をしたことがある。お二人とも貴重なご縁と言える。また、編集で尽力頂いた新葉館出版の竹田麻衣子さんにもお礼を申し上げたい。

妻にも感謝しなければならない。文句の一つも言わずに私に好きな川柳の道を歩ませてくれている。四度にわたる私の癌手術入院の期間には、一日も欠かさず看護に通院してくれた。いま、彼女への感謝のつもりで、「妻よ」という川柳日記を「川柳つくばね」誌に毎月連載しているが、肝心の彼女は恥ずかしいと言って逃げ腰である。本書の出版にも精神的な支援をしてくれている。

皆さん、ほんとうにありがとうございました。

二〇〇五年（平成十七年）六月十日　時の記念日

【編著略歴】

今川乱魚（いまがわ・らんぎょ）

1935年東京生まれ。本名充。早大卒。

大阪で川柳を始める。999番傘川柳会会長。東葛川柳会最高顧問。番傘川柳本社幹事。(社)全日本川柳協会会長。日本川柳ペンクラブ常任理事。川柳人協会理事。北國新聞、Science & Technology Journal、リハビリテーション川柳欄、川柳マガジン「笑いのある川柳」選者。千葉、東京で川柳講座講師。

著書に『乱魚川柳句文集』、『ユーモア川柳乱魚句集』『癌と闘う―ユーモア川柳乱魚句集』。編著に『川柳贈る言葉』、『川柳ほほ笑み返し』、『科学大好き―ユーモア川柳乱魚選集』科学編・技術編・生活編ほか。

(財)世界経済情報サービス勤務。

住　所：千葉県柏市逆井1167-4（〒277-0042）
E-mail：rangyo@mug.biglobe.ne.jp
URL：http://www2u.biglobe.ne.jp/~rangyo/

三分間で詠んだ―
ユーモア川柳乱魚選集

○

平成17(2005)年9月4日　初版

編著
今川　乱魚

発行人
松岡　恭子

発行所
新葉館出版
大阪市東成区玉津1丁目9-16　4F　〒537-0023
TEL06-4259-3777　FAX06-4259-3888
http://shinyokan.ne.jp　E-Mail info@shinyokan.ne.jp

印刷所
FREE PLAN

○

定価はカバーに表示してあります。

ISBN4-86044-270-9